孙子兵法

第三十一册

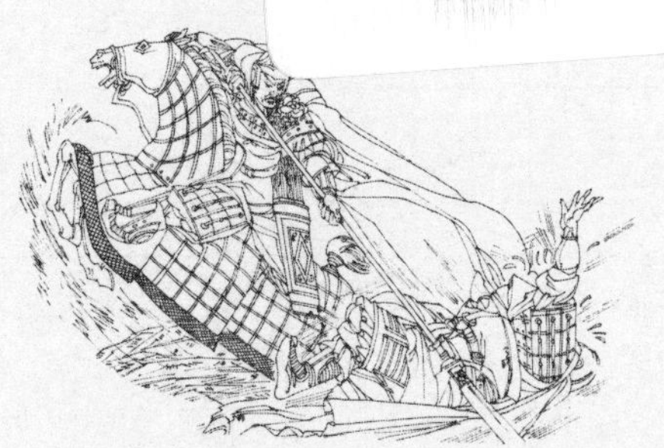

上海人民美术出版社
浙江人民美术出版社

目　录

地形篇 · 第三十一册

战 例

苻融孤身奋战死淝水

编文：即 子

绘画：陈运星 唐淑芳 闽江山
江 水 蒋 添 邵靖民

原　文　吏强卒弱，曰陷。

译　文　军官强悍，士卒懦弱的，必然战斗力差，叫做“陷”。

1. 苻融是前秦主苻坚最小的弟弟，氐族人，自幼聪慧老成。成年后身材魁伟，臂力过人，精熟枪法，百人难敌。

2. 苻融善学好思，能言善辩，下笔成章，朝臣们都对他的文才感到惊奇。

3. 苻坚十分喜爱苻融，认为他在朝可为相，出朝可为将，于是官封侍中、中书监，都督中外诸军事车骑大将军，朝中大事无不与他商议。

4. 东晋孝武帝太元元年（公元 376 年），前秦继公元 370 年灭前燕之后，又灭了前凉，而后又出兵攻晋，占据襄阳，统一了北方大部，与偏安南方的东晋相比，强弱之势虽已明显，但要想一举灭晋，尚不容易。

5. 太元七年（公元 382 年）十月，苻坚在太极殿召集文武大臣，提出要亲征东晋，一统天下。朝中诸臣意见不一，争执不休。

6. 苻坚十分气恼，一挥手命群臣退下，只让苻融单独留了下来。

7. 苻坚对苻融说：“凡是国家大计都是由一两个人决定的，还是我与你来决定这事吧。”苻融也不主张攻晋，他说：“现在攻晋有三难，一是今年幽州蝗灾，赤地千里，天时对我不利。

8. “二是晋国稳定，内部团结，无隙可乘。三是我军连年征战，兵士疲惫，百姓也畏敌惧战。因而，群臣中说不宜伐晋的都是忠臣，愿陛下三思。”

9. 苻坚顿时变了脸说："我有强兵百万，物资与兵器堆积如山，凭着我屡战屡胜的气势，去攻打这样一个临近灭亡的国家，还怕不胜？"

10. 苻融流着泪再谏道："京畿布满了鲜卑、羌、羯人，他们都有灭国深仇，陛下南征，京师只留太子与数万弱兵，如有不测，后悔就晚了。我的话虽然见解不高，王丞相的遗言，您难道忘了么？"

11. 提起丞相王猛，苻坚不禁心头一震，前秦有今日，王猛立过很大的功劳。王猛临终曾直言告诫他说：“晋朝虽然偏安江南，但毕竟是继承了中华正统，并且内部还算巩固，我死后，不要急于攻打晋国。”

12. 苻坚把王猛比做诸葛亮，当时是言听计从，现在毕竟已经逝世，而且，在攻晋这一问题上苻坚一直有自己的想法。他挥手让苻融退下。

13. 苻坚由来已久的“统一四海”之志，使他不肯轻易放弃灭晋的计划，遂又召来前燕降将、鲜卑族人慕容垂商议伐晋事宜。

14. 慕容垂一直怀有恢复燕室的志向，能坐视成败，见机行事，当然是求之不得。他立即说："弱肉强食是古今通例，陛下兵强将良，虎旅百万，小小江南何必留给子孙添麻烦。"

15. 慕容垂见苻坚面露喜色，又进一步怂恿说：“凡事都要听从大家的议论，又怎么能统一中原呢？”苻坚大喜说：“能与我共定天下的只有你一人。”

16. 晋太元八年（公元383年）七月，苻坚颁布了进攻东晋的动员令。前秦各地方官吏到处拉夫抽丁，征马索粮，百姓叫苦连天。

17. 八月，苻坚任命苻融为征南将军，率张蚝（háo）、慕容垂等将，共步骑二十五万，作为中路军前锋先行，直趋寿阳（今安徽寿县）。

18. 任命羌族首领姚苌（cháng）为龙骧将军，率西路军沿长江东进。东路军则从幽、冀经彭城南下。

19. 苻坚亲率中军主力从长安发兵。各路大军九十万，旗鼓相望，绵延千里，水陆并进，浩浩荡荡向南压来。

20. 苻坚大举进攻的消息传到建康，东晋的满朝文武官员都慌作一团。孝武帝司马曜（yào）急忙宣诏，任丞相谢安为征讨大都督，全权负责防务。

21. 谢安胆识过人，他对前秦的进攻已有准备，十分镇定，白天驾车出游，晚上弈棋到深夜。百官见丞相这样胸有成竹，都渐渐定下心来。

22. 其实苻坚大军的动向，谢安一刻也没有放松注意。当他看清苻坚主攻方向是在淮河一线，其他各部只是配合牵制时，立即命令胡彬率五千水军，增援战略要地寿阳。

23. 又命令谢玄为前锋都督，率领由他招募、训练，战斗力很强的八万“北府兵”迎击苻坚。同时推派自己的弟弟谢石代理征讨大都督，指挥全部军队。

24. 十月，苻融率前锋军一举攻克寿阳，俘虏晋平虏将军徐元喜。胡彬水军得知后，只得退守硖石（今安徽寿县西北）。

25. 苻融进军围攻硖石，胡彬缺粮难守。苻融将这情况写信禀告苻坚，并说："敌军兵力很少，应该赶快进攻，不然敌人就会逃走。"

26. 苻坚得报后，被这局部的情况所吸引，把大部队留在项城，亲率八千轻骑赶到寿阳，直接进行指挥，企图在寿阳一带一举歼灭晋军主力，然后夺取建康。

27. 苻坚在部署进攻的同时，又派朱序到晋营劝降。朱序原是晋将，四年前在襄阳与前秦作战时，兵败而降，这时，有意立功赎罪。朱序到晋营后非但没有劝降，反将前秦的军情全部告诉了谢石。

28. 谢石等将领商量后，决心乘秦军两翼行动迟缓，主力前后分离，前锋突出的态势，转守为攻。派猛将刘牢之率领五千精兵进军洛涧（又名洛水，流经今安徽淮南和定远之间）。

29. 刘牢之带兵悄悄来到洛涧，当晚，突然强渡洛水袭击秦营。从梦中惊醒的秦军前锋主将梁成，仓促应战，被迎面扑来的北府兵砍死。

30. 秦军失去了主将越发溃不可收。刘牢之又分兵占据渡口，断绝秦兵退路。溃兵争渡淮水逃命，淹死无数。洛涧一役，秦军被歼一万五千余人，晋军士气大增。

31. 刘牢之收复洛涧之后，又率北府兵挺进硖石，与胡彬军里外夹攻，击败秦军，解了硖石之围。

32. 谢石、谢玄立即指挥全军，一鼓作气冲到淝水东岸，与秦军夹岸对峙。

33. 在寿阳城里的苻坚与苻融一起登城楼观看，只见晋军旌旗如林，阵势严整。再眺望城东北的八公山上，草木森森，以为不知伏有多少晋兵。苻坚不由一阵心悸，对苻融说："这分明是强敌，怎么能说是弱兵呢？"

34. 晋军也被阻于淝水东岸，如不乘胜追击，等秦军后续部队到达，胜败就很难预料了。谢玄利用苻坚急于求胜的心理，派使邀战。条件是秦军稍向后撤，让出一块地方让晋军过河决战。

35. 秦军将领们都反对让晋军过河。但苻坚认为可以将计就计，大军稍后撤，等晋军渡河背水时，突出骑兵砍杀，一定能大胜。苻融也认为此计可行。

36. 到了决战的日子，苻坚向对岸看了一下，举手向苻融示意。苻融即传令，淝水沿线的秦军后撤，让晋军过河。

37. 秦军大都是被迫征来当兵的各族百姓，本来就不愿意替氏族统治者卖命，一听说后退，掉转头就狂奔退逃，阵势顿时大乱。

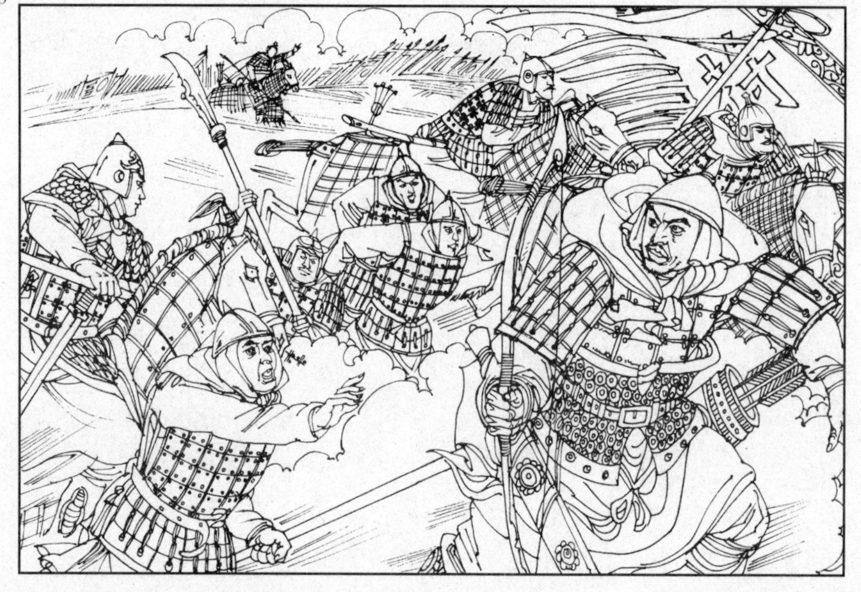

38. 在阵后的朱序乘机大喊："秦军败了，秦军败了！"秦军后方部队一听，也争相逃命。

39. 谢玄率八千骑兵迅速抢渡淝水，冲向敌阵。后面大队晋军排山倒海似的拥上，喊杀声惊心动魄。

40. 苻融见状，急忙策马奔向阵后，整顿乱军，阻止士兵溃退。

41. 秦军本来就训练不足，这时更不听命令，只顾夺路逃命。苻融大怒，举剑砍翻几名逃兵，大声喝道：“不听令者，斩！”

42. 这时的逃兵如破闸的洪水，根本不顾苻融的呵斥，反将苻融连人带马冲翻在地，从他身上践踏而过。

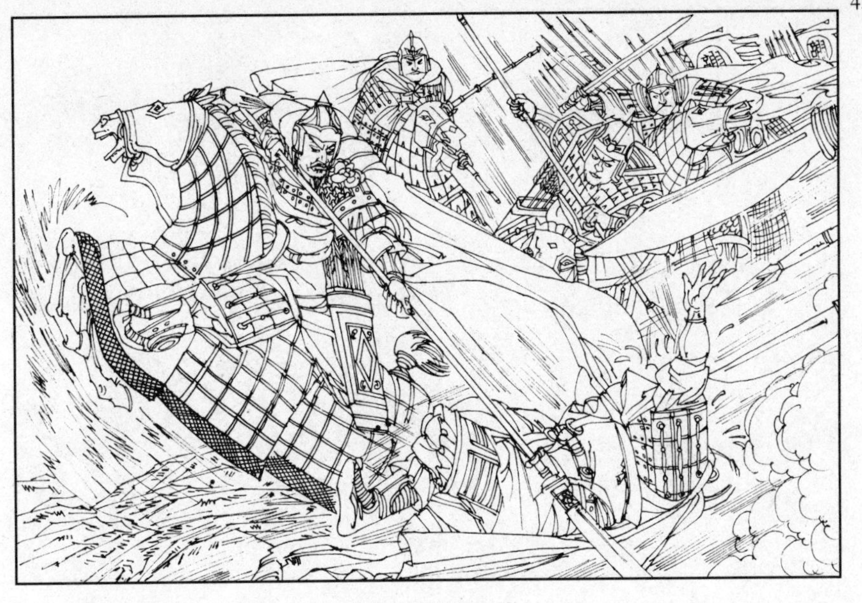

43. 从后面冲来的北府兵，乱刀将苻融砍死。

44. 苻坚吓得丢下士兵夹马逃命。一支流箭飞来，正中苻坚，顿时鲜血迸流。

45. 一路上，风声鹤唳，苻坚都以为是晋兵追来，吓得他只是伏马逃命，头都不敢回。

46. 苻坚逃到淮北，清点残兵败将，只剩十分之二三。前秦号称百万大军攻晋的军事行动，彻底失败了。苻坚痛悼亡弟苻融，深悔没有听他战前的忠告。

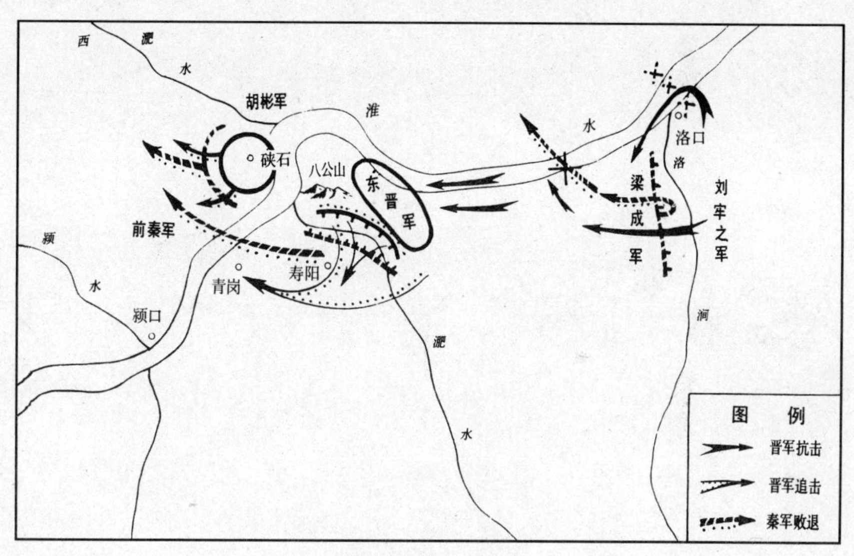
西
淝
水
胡彬军
淮
水
洛口
洛
硖石
八公山
东
晋
军
梁
成
军
刘
牢
之
军
前秦军
颍
水
寿阳
青岗
颍口
淝
水
涧
图 例
晋军抗击
晋军追击
秦军败退

淝水决战示意图

孙 子 兵 法

SUN ZI BING FA

战 例

晋师尾大不掉败于邲

编文：浦 石

绘画：丁世弼 昌 艺 江 官

原　文　大吏怒而不服，遇敌怼而自战，将不知其能，曰崩。

译　文　偏将怨怒而不服从指挥，遇到敌人擅自率军出战，主将又不了解他们的能力，必然如山崩溃，叫做“崩”。

1．春秋中期，楚国在楚庄王的治理下日益强大。周定王元年（公元前606年），楚庄王率兵攻入中原，击败了陆浑（今河南嵩县）的戎族。

2. 还军过雒（今洛水）时，在周王室境内陈兵示威。周定王急忙派大臣王孙满前去慰劳。楚庄王竟询问象征周王王权的九鼎的大小轻重，意在觊觎周室。

3. 楚庄王看到，要夺取周室天下，必须先与打着“尊王攘夷”旗帜的中原霸主晋国较量。周定王十年（公元前 597 年）春，楚庄王以郑附晋叛楚为名，大举伐郑。

4. 郑国是晋国进入中原的通道，又一直受晋国的保护。晋景公不能容忍楚国控制郑国，遂派荀林父为中军元帅、先縠（hú）为副；士会为上军元帅、郤克为副；赵朔为下军元帅、栾书为副。三军浩浩荡荡前往救郑。

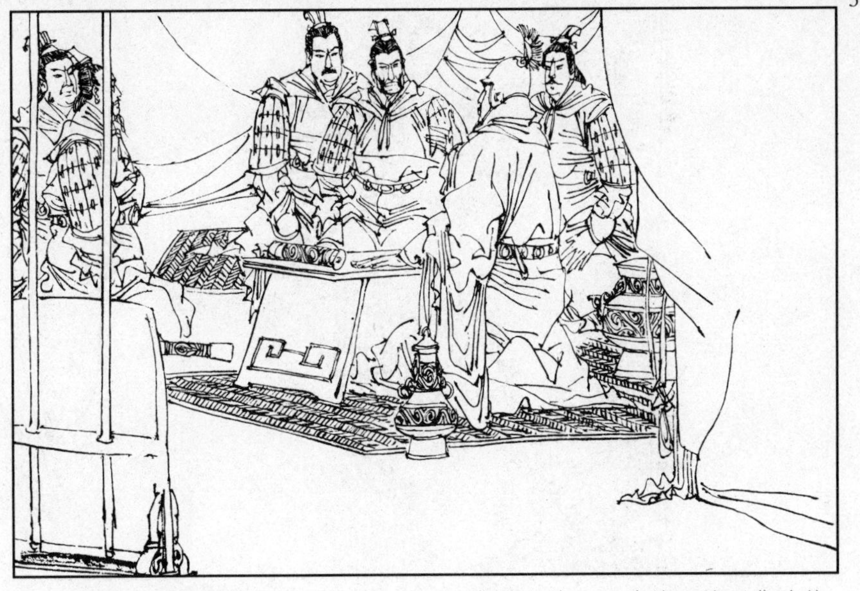

5. 当晋军到达黄河北岸时，获知郑已与楚媾和结盟，荀林父就召集诸将商议攻战之策。荀林父说：“郑国已经降楚，救之已晚，不如回师，等楚撤兵后，再行伐郑。”

6. 众将大都附议，只有中军副帅先縠反对说：“我晋国之所以能称霸中原，靠的是军队勇武，群臣尽力。如今已经失了郑国，又见强敌不击，称得上是勇武和尽力吗？”说完就起身出帐。

7. 先縠当即命令自己所指挥的部属渡黄河，攻击楚军。

8. 晋司马韩厥对荀林父说：“先縠以偏师出击，势必招致危险，部属不听命是元帅的过错，不如命令全军前进，这样即使打不赢，有罪也可共同承担。”

9. 荀林父想，全军出击，或有胜机，就命令全军在衡雍（今河南原阳西）渡河，行至衡雍西南的邲地，由西而东背黄河列阵。

10. 郑国既已服楚，楚庄王原想引军归国，见晋师渡河来战，而且还发现对方三军号令不一，就在管（今河南郑州）驻军，寻隙而动。

11. 这时郑襄公派使到晋营说:“郑国服从楚国，是为了自己的社稷，对晋国并无二心，现楚军屡次获胜异常骄傲，部队在外已久而气衰，未加设防，如晋军攻击，我军继后，一定能击败楚军。”

12. 郑使一离开，先縠就对荀林父说："败楚服郑在此一举，应速战。"下军副帅栾书说："郑人反覆无常不可信，他们是坐山观斗，我军得胜则来服我，我军不胜则去而从楚。"众将也分为二派争执不休。

13. 荀林父正犹豫间，楚国派来使臣，名为求和，实为探察晋军虚实。荀林父让上军元帅士会接见使臣。楚使说："楚军这次前来，乃是按照先王惯例，开导平定郑国而已，并不敢开罪晋国，请贵军不必留在此地了。"

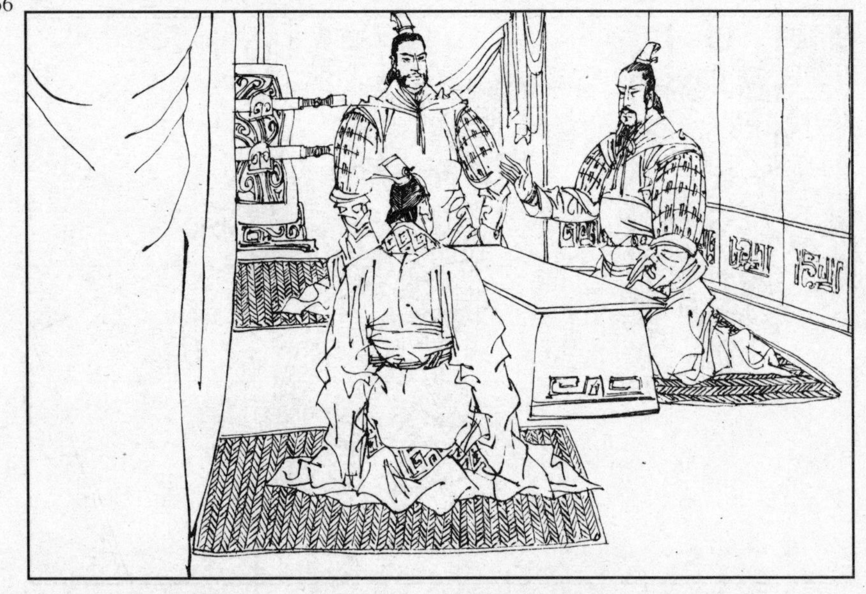

14. 士会回答道："昔日周平王命晋国和郑国夹辅周室，如今郑有二心，故我们来问罪，此事与楚毫不相干。"言下之意是让楚军退兵。

15. 而先縠认为这样回答太软弱，已经近于谄媚。在书写公文时将答辞改为“我君派我众将把你军赶出郑国”。

16. 楚庄王了解到晋军将领之间意见分歧如此明显，主帅又不能驾御部将兵众，一面再次派使求和，一面派出小股兵力作试探性袭击。

17. 荀林父原来就是被迫渡河的，见楚军再次求和就乘势同意言和。

18. 晋楚刚约定盟期，楚军立即派兵向晋军挑战，荀林父仅派兵将楚军赶走，并没有要求追杀。

19. 晋将魏锜、赵旃想乘机立功得封，借口往楚军讲和，骗得荀林父同意后，擅自率部向楚军进攻。

20. 荀林父得知后，已经无法制止，急忙再派出部分战车前去接应。

21. 楚军见晋二将孤军来攻，正中下怀，当即反击。楚将潘党击败魏锜，魏锜驾车奔回。

22. 赵旃则派士兵混入楚营捣乱，结果被楚兵发觉，士兵全部被活捉，赵旃也遭楚将追杀，弃车卸甲，隐入林中，才得以逃命。

23. 当晋军接应的战车赶到前沿时，楚师已消灭赵旃的军队，列阵以待了。楚令尹孙叔敖说：“宁可我们主动去迫近敌人，也不要让敌人来迫近我们。”楚庄王遂下令进攻。

24. 楚庄王亲自击鼓，全军一齐冲杀，顿时就将晋军前来接应的兵车消灭。

25. 楚军乘胜杀向晋军大营。这时荀林父还在等待楚使前来讲和，忽闻鼓声如雷，杀声震天，出营一看，楚军漫山遍野如潮而至。

26. 晋军前临大敌，后为黄河所阻，荀林父登高击鼓高叫：“先退过黄河者有赏。”

27. 晋军乱作一团抢船争渡。上了船的急于开船脱逃,没上船的攀船扯桨,不少船只翻在河中。

28. 未翻掉的船上的将士，急忙抽刀乱砍攀船士兵的手，船中断指可掬。

29. 楚军见状，并没有进逼，让晋军残部渡过黄河。

30. 晋楚邲之战，晋军偏将不服将令，主帅又无力驾驭，以致主力遭到重创。自此，晋国在中原诸侯中的威信丧失殆尽，而楚庄王的霸权地位开始确立。

战 例

李从珂骄兵不治失天下

编文：和　合

绘画：吴耀明　曹丽娜

原　文　将弱不严，教道不明，吏卒无常，陈兵纵横，曰乱。

译　文　将帅懦弱又无威严，训练没有章法，官兵关系混乱紧张，布阵杂乱无章，必然自己搞乱自己，叫做“乱”。

1．五代后唐长兴四年（公元933年），唐明宗李嗣源病亡，儿子宋王李从厚继位，史称闵帝。闵帝幼弱寡断，朝政皆由权臣朱弘昭、冯赟（yūn）把持。

2. 朱弘昭、冯赟二人为了便于专权，采取了排除异己、安插亲信的手段：贬黜外放了一些重臣，将一些节度使调往边远地区，将自己的亲信安插在重要机构的要害职位上。

3. 凤翔（今陕西凤翔）节度使兼侍中、潞王李从珂因自小跟随唐明宗四出征战，地位、威望远在二人之上，当然更遭忌恨，于第二年二月被调任河东节度使。

4. 李从珂早已不满朱、冯二人擅权，拒绝调令，并立即起兵，颁发檄文，准备“入朝以清君侧之恶”。

5. 朝廷闻报，任命西都留守王思同为西面行营马步军都部署，统帅诸道兵马往讨凤翔。

6. 各路兵马在凤翔城下齐集后，王思同就传令攻城。激战一天，攻克凤翔东西关城，城中守军死伤累累。

7. 次日，王思同又传令加紧攻城，志在必得。由于凤翔城垣低矮，壕堑不深，加上守备不足，形势十分危急。

8. 李从珂眼见城将不保，登上城楼，高声对城外军士喊道：“我少年时就跟从先帝，身经百战，出生入死，伤痕满身，才创立今日社稷，你们都曾跟随过我多年，这是你们亲眼目睹的呀！”

9. 说到这里，李从珂已是声泪俱下：“如今朝廷轻信谗臣，猜忌骨肉。我有何罪，非欲置我于死地不可？”言毕，大声痛哭起来，闻者莫不为之哀痛。

10. 裨将张虔钊主攻城西南，举着宝剑驱赶士卒登城。士卒大怒，举矛反击，张虔钊跃马逃走。

11. 羽林指挥使杨思权原就与朝廷权臣有隙，乘机大声呼喊道："大相公（即潞王李从珂）才是我们真正的主人哪。"当即率领所部人马脱下甲胄，丢掉兵器，投降了李从珂。

12. 杨思权率领降兵自西门而入，向李从珂献上一张白纸，要求潞王攻克京师称帝后封他为节度使，李从珂便依言写上“思权可任邠宁节度使”，把纸交给他。

13. 统帅王思同尚未获悉此情，仍在命令士卒加紧攻城。严卫步军左厢指挥使尹晖大声喊道：“城西军队已经入城受赏了，我们还要拼命么？”

14. 攻城士兵一听这话，争相脱掉军服、扔下兵器投降。

15. 王思同等六名节度使见情势如此，已无法御众再战，只好顾自逃遁。

16. 降兵们争先恐后拥入城内求赏。李从珂转惊为喜，倾尽城中财物犒赏各将士，甚至将釜鼎之类的器具也估价论赏。军营内酗酒赌钱，一片喧闹。

17. 李从珂传令发军东进，并遍告军士，凡攻入京都洛阳者，赏钱百缗（一千文为一缗）。军士无不欢呼雀跃。

18. 王思同兵败遁逃，慌得唐闵帝手足无措。河阳节度使兼侍卫亲军都指挥使康义诚见风使舵，企图率领侍卫军迎降李从珂以邀大功，于是假意请求领兵往拒李从珂。

19. 唐闵帝不察内情，点头允诺，并且还在康义诚率众出发前，派遣将士进行慰问，拿出府库钱物进行犒赏，并许愿在平定凤翔叛乱后，每人再犒赏二百缗。

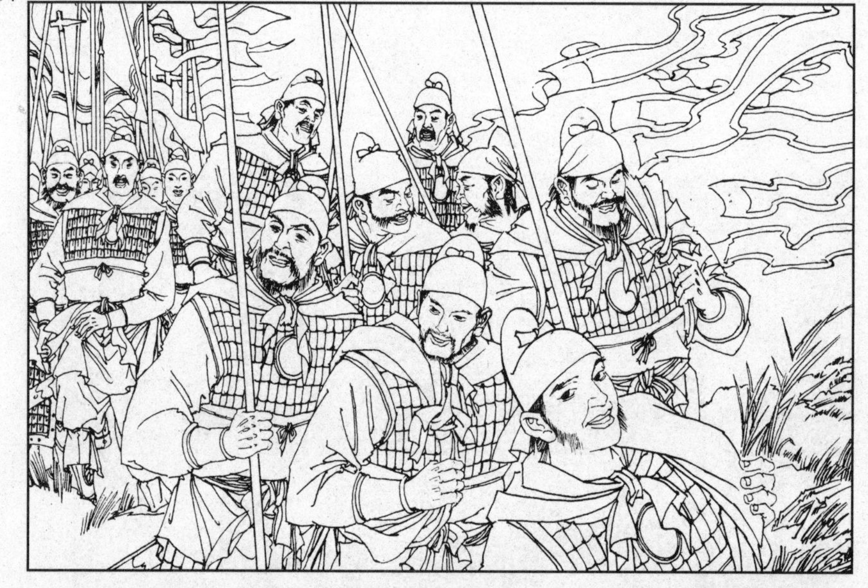

20. 康义诚手下这些侍卫军骄气十足，一副无所畏惧的样子，身上背着朝廷赏赐钱物，在行军路上扬言道：“到了凤翔后，再向潞王请一份赏物。”

21．结果康义诚这些侍卫军到了新安（今河南新安），竟然丢盔弃甲，成群结伙争先赶往李从珂军所在地请降，而到最后康义诚请降时，身边已只剩十余骑了。

22. 由于朝廷前后所发各军，遇见李从珂军全部迎降，致使李从珂一路无阻进入京都洛阳。宰相冯道等率百官迎见，上笺劝进。四月，太后下令废闵帝为鄂王，潞王李从珂即皇帝位。

23. 李从珂即位后，立即下诏开府库犒劳军士，岂知洛阳府库早已空虚，而犒赏军费却需五十万缗之多。

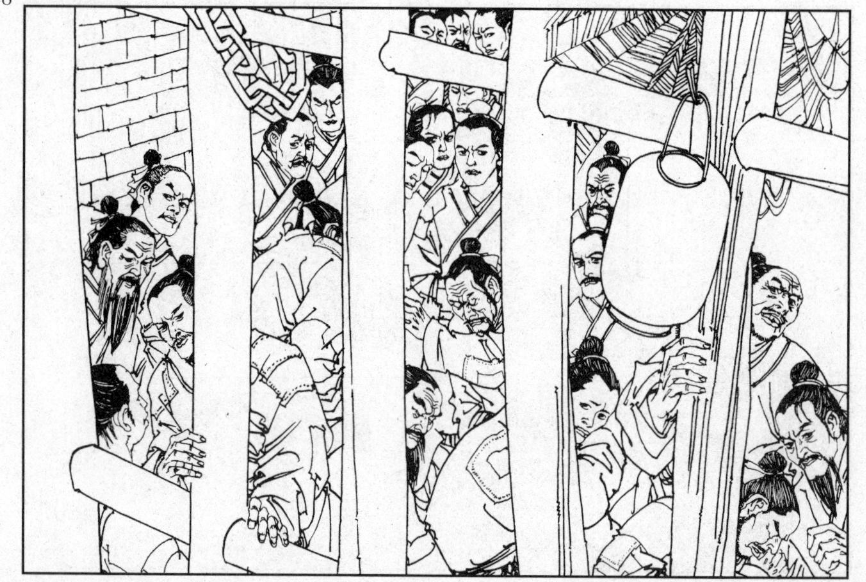

24. 李从珂下令官员搜括民财，洛阳城顿时怨声四起。那些被逼不过，又交不出钱的贫民只好投井、自缢，而监狱中更是人满为患。

25. 百官竭尽所能搜罗钱物，包括各道贡献、古玩旧物，乃至太后、太妃的器物簪珥，共只二十万缗，不及半数。李从珂唯恐赏赉不足，军中有变，忧心忡忡。

26. 端明殿学士李专美直言劝告道：“愚以为国家存亡，在于修法度，立纲纪，而非单凭厚赏。若只论赏赉，纵有无穷财宝，也填不满骄卒的欲壑。”

27. 李专美继而告诫李从珂，如果不改覆车之辙而继续搜括民财，就有灭亡的危险。既然现有财力仅止于此，就应该根据实际情况，平均分赏，何必一定要实现当初诺言呢？

28. 李从珂认为有理，就依言行赏，不再一味纵容。果然军士们欲壑难填，得了赏赐，还嫌不够，仍是怨言纷纷，有人甚至造谣说："除去菩萨，扶立生铁。"意即闵帝（小名菩萨）仁慈懦弱，从珂则刚严像生铁佛，相比之下，还不如闵帝在位更好。

29. 谣言既起，李从珂唯恐有乱，不敢从根本上立纲纪，修法度，加以整饬，对将士仍是一味迁就，出现违法乱纪行为也往往听之任之。

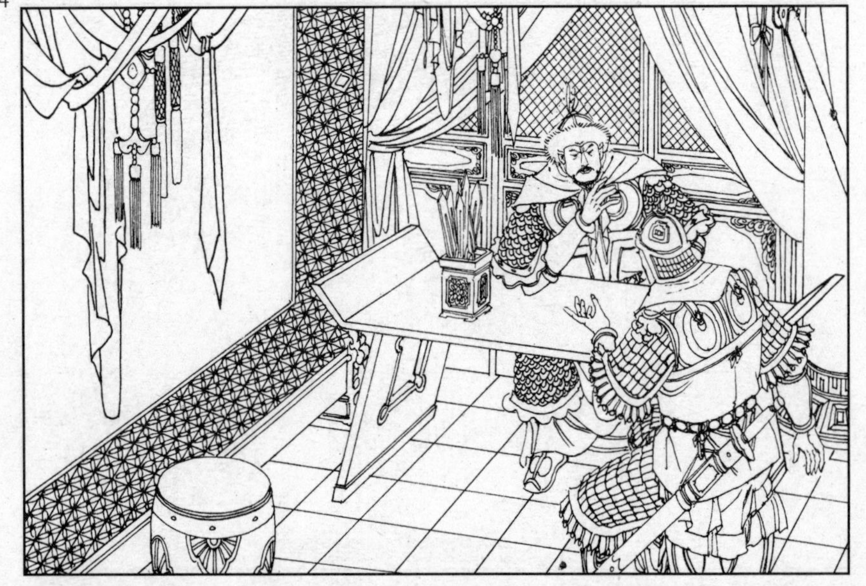

30. 公元 936 年，即李从珂即位后的第三年，早有异志的河东节度使石敬瑭举兵起事，进而引狼入室，与契丹主勾结，合兵攻唐。唐知太原行府事张敬达率兵迎敌，被围于晋安（今山西太原南）。

31．在这急难时刻，身为诸道行营都统的卢龙节度使赵德钧在到达前线后，竟按兵不战，置张敬达兵马被围于不顾，反而遣使暗通契丹，企图取代石敬瑭夺占天下，终被契丹主拒绝。

32. 而张敬达所部唐军在晋安前线被围数月后，副将杨光远便心生二意，劝张敬达向契丹投降。张敬达不听，杨光远竟然一刀砍下了他的首级，率领诸将上表请降了。

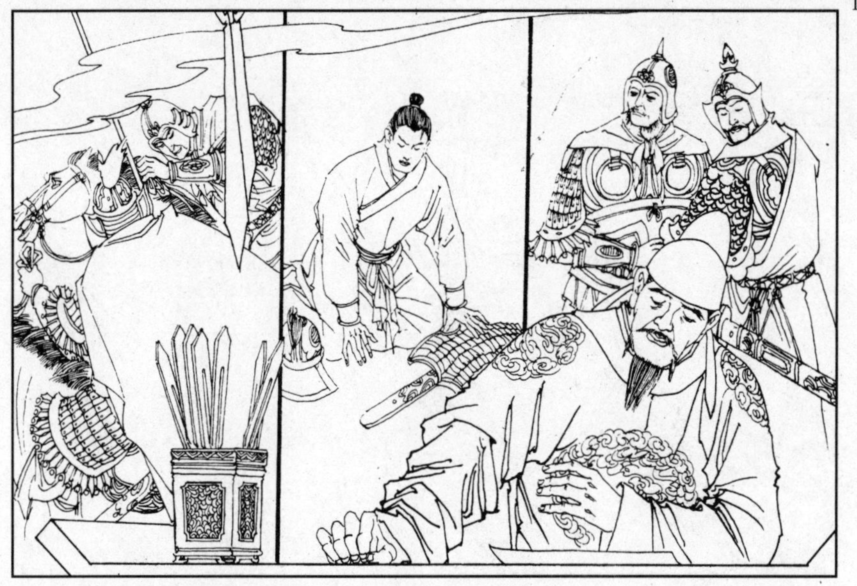

33. 由于李从珂平素治军不严，纲纪不明，致使军中将士在急难关头大都望风而动，或私通于敌，或弃甲而降，或掉头遁逃。李从珂当初得天下基于此，最终失天下也缘于此。

34. 后唐清泰三年（公元936年）十一月，契丹主与石敬瑭引兵南下，沿途唐军将士大都不战迎降。石敬瑭率军直奔京师洛阳，李从珂穷途末路，只得登楼自焚。后唐遂亡。

战 例

丘福失察轻进遭围歼

编文：王晓秋

绘画：黄小金 王 蕙 静 兰

原　文　将不能料敌，以少合众，以弱击强，兵无选锋，曰北。

译　文　将帅不能正确判断敌情，以少击众，以弱击强，作战又没有尖刀分队，必然失败，叫做“北”。

1. 明永乐七年（公元1409年）六月，漠北的鞑靼可汗本雅失里，杀害了前往通好的明使郭骥。明成祖朱棣闻报大怒。

2. 朱棣早想消灭元军残余，清除边患。遂以此为由，传令北部边陲加强守卫，同时传令山西、山东、辽东等卫所抽调大批步骑，进驻兴和（今河北张北）、北京，待命北伐。

3. 七月三日，朱棣命淇国公丘福为征虏大将军，武城侯王聪为左副将军，同安侯火真为右副将军，靖安侯王忠为左参将，安平侯李远为右参将，率精骑十万北伐。

4. 丘福以为用十万精骑对付鞑靼，定能踏平漠北，建立功勋。

5. 大军临行前，朱棣顾虑丘福轻敌，告诫说：“用兵须慎重，自开平（今内蒙古正蓝旗一带）以北虽不见敌，应时时如临大敌，日夜戒备，敌至则出奇兵以击之。”

6. 朱棣还放心不下，又叮咛道："此次举兵，勿失时机，勿轻易进犯，更勿被欺骗。一战未胜，伺机再战，千万要谨慎。"丘福领命而去。

7. 丘福率部出发。北进途中又连连接到朝廷传旨：“军中有认为敌人易取的，千万不可轻信。”丘福虽接旨，心里却认为成祖过于小心谨慎了。

8. 八月，丘福率军经开平出塞。他亲率千余骑先行，当进至胪朐河（今蒙古克鲁伦河）一带，与鞑靼游骑遭遇。

9. 丘福率师迎战，鞑靼大败而逃。丘福乘胜渡河紧追，俘获了一名鞑靼尚书。

10. 丘福命人给俘虏松绑赐酒，亲自审问本雅失里的去向。尚书原是鞑靼可汗派出侦察情况的间谍，于是编造说：“本雅失里闻大军将至，惶恐北逃，距此不过三十里。”

11. 丘福信以为真，说道：“擒贼先擒王，待我率部，疾驰擒之。”诸将劝丘福不可轻进,待后续各部到齐,摸清敌人虚实后再追为宜。丘福不理。

12. 丘福以鞑靼尚书为向导，率部追袭。连战两日，鞑靼军每战总是佯败，边战边逃。丘福见状，更以为敌军虚弱，一心想生擒鞑靼可汗本雅失里，遂率孤军猛追。

13. 这时，右参将李远提醒说："将军轻信俘虏之言，孤军至此，须防敌人诱我深入，再进恐不利。"

14. 李远又说："今退则为敌所乘，不如结营自固。白天扬旗击鼓，出奇兵与之挑战；夜里多燃火炬鸣炮，以张军势，使敌莫测。坚持两日，待我军大部队至此，全力攻之必胜！若不能取胜，亦可全师而还。"

15. 丘福不以为然。李远声泪俱下，苦苦劝道：“将军出征之日，皇上亦再三告诫，兵事宜慎重，不要被敌欺骗，难道将军忘了不成？”

16. 丘福满脸不悦。左副将军王聪也竭力劝阻："李将军言之有理，大将军切不可轻敌冒进，小心中计。"

17. 丘福大怒，厉声道："将在外，君命有所不受。军令如山，不从命者斩！"诸将无奈，只好听他一意孤行。

18. 丘福即率骑先驰，诸将明知此去凶多吉少，不得已率部相随。

19. 不久，鞑靼大军突然来到，将丘福所率先头部队重重包围。王聪率五百骑奋力突围，战不多时，因寡不敌众，力尽身亡。

20．丘福、火真、王忠、李远虽拼死搏斗，左冲右突，也终因势单力薄，皆被俘遭杀。丘福所率前锋部队全被围歼。

21. 明军后续部队闻前锋被歼，惊慌失措，拨转马头，疾马而逃。

22. 败讯传来，朱棣极为震怒。因丘福失察轻敌，急功近利，主观武断，不听忠告，刚愎自用，而使十万精兵惨遭失败，遂追夺其封爵，将其一家放逐到很远的南疆。